평화를 만드는 소설읽기

10대, 소설로 배우는 인간 관계 3 익힘책 | 기본편

따돌림사회연구모임 서사교육팀 씀

작은숲

차례

■ 국외편

익힘책은 이렇게 사용하세요

▶ 익힘책의 목적

1. 학생들의 평화 역량을 길러주기 위해
2. 능동적이고 주체적인 독서 감상 방법을 배우기 위해
3. 『10대, 소설로 배우는 인간 관계 3』을 읽고 효율적인 독서를 하기 위해

▶ 익힘책의 구성

1. 기본 내용 파악하기

   질문과 해답으로 내용 이해하기, 읽은 후의 느낌 떠올리기, 소설의 플롯 파악하기, 작품의 콘셉트 찾기

2. 길잡이 읽고 성찰하기

   길잡이 글을 읽은 후 변화된 생각이나 성찰한 내용을 글로 표현하기

▶ 익힘책의 활용 방법

1. 『익힘책』의 내용은 선생님의 의도나 수업 상황, 학교급(중학교, 고등학교)에 따라 다양한 방식으로 바꾸어서 활용할 수 있습니다.
2. 『익힘책』의 질문은 되도록 모두 답해 보는 것이 좋지만, 필요에 따라 생략하거나 다른 질문을 추가할 수 있습니다.
3. 길잡이 '이렇게 읽어 보세요'는 학생들이 평화와 폭력에 대해 성찰할 수 있는 해설문입니다. 글을 읽은 후 생각의 변화에 중점을 두어 독서활동 하기를 권합니다.
4. 수업의 흐름은 대략 다음 예시처럼 진행되지만, 상황과 여건에 따라 달라질 수 있습니다.

• 수업 예시

차시	내용	
1 차시	『10대, 소설로 배우는 인간 관계 3』 소설 읽기	매 차시 활동 내용 공유, 발표하기
2 차시	기본 내용 파악하기	
3 차시	길잡이 읽고 성찰하기	

▶ 독서방법 이해하기

1 독서활동의 목적 : 평화 역량이란?

평화 역량이란 평화적 이야기, 평화적 삶을 만들 수 있는 능력을 말합니다. 이야기를 만들 수 있는 능력은 넓게 보면 삶도 이야기처럼 바꿀 수 있는 능력을 의미합니다. 학교에는 이기심과 경쟁논리, 개인주의, 위선과 허세, 소외와 왕따 등과 같은 폭력적인 문화가 깊이 파고들어 있습니다. 평화의 가치를 깨닫기 어려운 교실, 강자와 약자 구도, 갑을 관계에 익숙해진 아이들에게 평화로운 관계를 형성하게 하고 평화와 공존의 가치를 내면화시키는 것은 교육의 절실한 목적이 되어 가고 있습니다. 이런 현실에서 모든 아이들이 평화역량을 키워서 폭력에서 벗어나고, 평화로운 이야기를 만들어 그 속의 주인공으로 살게 해야 합니다.

『익힘책』의 독서활동은 『10대, 소설로 배우는 인간관계 3』을 읽고 우리의 삶을 성찰하며 현실의 잘못된 점에 대한 개선 의지를 갖게 하고자 합니다. 또 평화로운 인간관계를 배우며, 그것을 실제 삶에서 실천할 수 있는 사람으로 변화시키고자 합니다. 친구들과 토의, 토론을 하며 폭넓은 사고를 키우고, 나아가 비판력과 창의력까지 키울 수 있는 여러분이 되기를 기대합니다.

2 플롯(이야기의 흐름)의 개념과 분석 방법

플롯은 작품 속에 있는 사건들의 배열을 말합니다. 보통 이야기의 시작, 전개, 클라이맥스(갈등 · 사건 전개의 최고조), 결말의 단계로 구성된다고 봅니다. 그러나 이런 단계에 너무 얽매이지 말고, 작가의 입장이 되어 이야기를 어떻게 구성하려 했는지를 생각해 보면 좋을 것입니다. 작가는 이야기를 창작할 때 처음과 끝을 어떻게 할 것인가, 중심 사건은 어떻게 만들 것인가, 그 중에 몇 번의 우여곡절을 넣어 사건을 전개시킬 것인가 등을 생각합니다. 이렇게 볼 때, 플롯은 큰 사건을 구성하는 작은 사건들의 연속이라고 설명할 수 있습니다. 이 말은 메시지를 주는 큰 사건에 작은 사건들 하나하나가 크고 작게 기여를 한다는 뜻이기도 합니다. 그러므로 플롯을 분석할 때는 가장 중심적인 핵사건(핵심 사건)이 무엇인지, 그것을 뒷받침하는 사건들이 무엇인지 찾아보아야 합니다. 핵사건, 혹은 핵심적인 장면이 작품 전체에 주는 의미가 무엇인지, 그 이면적인 의미는 무엇인지를 파악해 보시기 바랍니다. 핵사건을 파악하면 작품이 주는 메시지(콘셉트)를 알아내는 데 한 발짝 다가설 수 있습니다.

3 콘셉트(메시지)의 개념과 분석 방법

콘셉트란 소설의 주제를 '구체적으로 어떤 방향과 방법으로 풀어나갈 것인가'에 해당하는 개념입니다. 다시 말하면 작품이 전달하는 구체적인 메시지라고 설명할 수 있습니다. 우리가 흔히 말하는 '주제'가 광범위한 의미에서의 메시지라면, '콘셉트'는 그것보다는 더 구체적인 방향성과 방법을 담고 있는 메시지라고 할 수 있습니다. 좀더 쉽게 이해하기 위해서는 '작가에게 누군가가(또는 작가 자신이) 인생에 대한 어떤 질문이나 의문을 표시했고, 작가는 그것에 답하기 위해 소설을 썼다'고 가정하면 도움이 될 것입니다. 즉 작가는 소설의

인물, 사건, 플롯 등을 통해 구체적인 이야기를 만들고, 이것으로 질문에 답하는 것입니다. 그러므로, 콘셉트 찾기는 작가의 의도에 가까워지기라고도 할 수 있습니다.

독자 입장에서 콘셉트를 파악해내기는 쉽지는 않습니다. 그러나 소설의 구성 요소 분석을 통해 비판적, 창의적 읽기를 해나가며 최대한 작가의 의도에 가까워지려고 노력하는 과정, 그 자체가 열쇠나 마찬가지입니다.『10대, 소설로 배우는 인간관계 3』은 길잡이 글을 통해 콘셉트 찾기에 도움을 주고 있습니다. 그러나 길잡이 글이 아니더라도 여러분 스스로『익힘책』의 활동에 따라 내용을 분석하다보면 어느 새 콘셉트를 찾은 자신을 발견하게 될 것입니다. 또 한 번에 찾지 못했다고 실망하거나 포기하지 마시기 바랍니다. 그것은 작품을 읽고 분석하는 과정 중에 얼마든지 바뀔 수 있습니다. 콘셉트가 바뀌는 이유는 작가의 의도를 설명하는 데 가장 적합한 것을 찾고자 하기 때문입니다.

◆「홍부전」의 콘셉트 예시

주제 : 권선징악

콘셉트 : 가난하지만 언제나 선하게 산 사람은 언젠가는 복을 받고, 지금은 부유하지만 악하게 산 사람은 언젠가는 벌을 받는다.

백치 아다다

기본 활동 **기본 내용 파악하기** <백치 아다다>를 읽고 다음 활동을 해보자.

1 소설을 읽고 나서 떠오르는 질문을 적어봅시다. 이해가 되지 않았던 내용, 의문점, 인물의 심리나 소설의 핵심 파악에 필요하다고 생각되는 내용 등을 질문으로 만들 수 있습니다. 질문을 만든 후 나름대로 답을 적어보세요.

1) 질문 :

답 :

2) 질문 :

답 :

2 소설을 읽고 나서 어떤 느낌이 들었나요? 그 이유는 무엇인가요? 이야기의 배경, 분위기, 전개 과정, 인물의 심리 등과 관련하여 느낀 감정이나 떠오른 생각을 적어 봅시다.

3 1)~2) 중 하나를 선택하여 소설의 플롯을 분석해 봅시다.(단, 장면 수는 줄이거나 늘릴 수 있다.)

1) 소설의 주요 장면을 선정하여 그림(만화)으로 표현하기

2) 소설의 주요 장면을 선정하여 글로 설명하기

[1]	
[ ]	
[ ]	
[ ]	
[ ]	

◆ 소설의 내용 중 가장 중요하다고 생각되는 장면(사건)은? 그 이유는 무엇인가요?

4 이 소설이 전달하려는 콘셉트(메시지)는 무엇이라고 생각하나요? 한두 문장으로 표현해봅시다.

기본 활동 **길잡이 읽고 성찰하기** 길잡이 '피해자 만들기 : 타인들의 욕망에 포위당한 희생자'를 읽고 아래의 활동을 해 보자.

1 길잡이에서 가장 인상적인 부분이나 구절은? 그 이유는 무엇인가요?

2 길잡이의 내용 중 자신의 생각과 다른 점이나 의문점이 있다면 적어 보세요.

3 우리 사회나 나의 주변에서 약자나 선한 사람들이 보호받지 못하고 오히려 폭력의 대상이 된 경우를 본 적이 있나요? 아다다처럼 순수하지만 약한 사람이 이 세상에서 상처받지 않고 살아가기 위해서 우리와 사회가 어떤 노력을 해야 하는지 써 봅시다.

4 내가 작가라면 소설의 내용 중 어디를 바꾸고 싶은가요? 바꾸고 싶은 부분을 적고, 그 이유를 써 봅시다.

5 소설을 읽고 느낀 점을 바탕으로 작가나 등장인물에게 하고 싶은 이야기를 편지 형식으로 써 봅시다.

소망

기본 활동 **기본 내용 파악하기** 〈소망〉을 읽고 다음 활동을 해보자.

1 소설을 읽고 나서 떠오르는 질문을 적어봅시다. 이해가 되지 않았던 내용, 의문점, 인물의 심리나 소설의 핵심 파악에 필요하다고 생각되는 내용 등을 질문으로 만들 수 있습니다. 질문을 만든 후 나름대로 답을 적어보세요.

1) 질문 :

답 :

2) 질문 :

답 :

2 소설을 읽고 나서 어떤 느낌이 들었나요? 그 이유는 무엇인가요? 이야기의 배경, 분위기, 전개 과정, 인물의 심리 등과 관련하여 느낀 감정이나 떠오른 생각을 적어 봅시다.

3 1)~2) 중 하나를 선택하여 소설의 플롯을 분석해 봅시다. (단, 장면 수는 줄이거나 늘릴 수 있다.)

1) 소설의 주요 장면을 선정하여 그림(만화)으로 표현하기

2) 소설의 주요 장면을 선정하여 글로 설명하기

[1]	
[ ]	
[ ]	
[ ]	
[ ]	

◆ 소설의 내용 중 가장 중요하다고 생각되는 장면(사건)은? 그 이유는 무엇인가요?

4 이 소설이 전달하려는 콘셉트(메시지)는 무엇이라고 생각하나요? 한두 문장으로 표현해 봅시다.

기본 활동 | 길잡이 읽고 성찰하기

길잡이 '인정받을 수 없는 외로운 반항'을 읽고 아래의 활동을 해 보자.

1 길잡이에서 가장 인상적인 부분이나 구절은? 그 이유는 무엇인가요?

2 길잡이의 내용 중 자신의 생각과 다른 점이나 의문점이 있다면 적어 보세요.

3 내가 작가라면 소설의 내용 중 어디를 바꾸고 싶은가요? 바꾸고 싶은 부분을 적고, 그 이유를 써 봅시다.

4 아래 질문을 참고하여 ① 남편의 행동에 대해 평가하고, ② 학교생활에서 존재감을 인정받기 위해 남편처럼 엉뚱하고도 외로운 반항을 한 적이 있거나, 주변에서 목격한 경우가 있다면 찾아 적어 봅시다.

- 일본 유학을 하고 신문기자까지 한 남편이 골방에 틀어박힌 이유는 무엇일까요?
- 남편은 왜 한 여름에 겨울옷을 입거나 더운 방에서 더위를 견디는 걸까요?
- 남편은 외상값이 있는 싸전 앞을 지나며 어떤 기분을 느꼈나요?
- 남편의 행동은 무엇을 위한 것일까요?

5 아내나 남편의 바람을 담아 상대방(남편이나 아내)에게 편지를 써 봅시다.

논 이야기

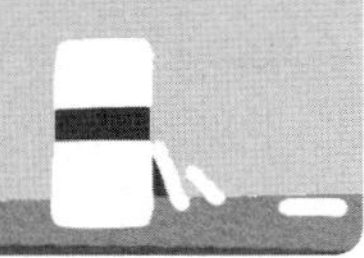

기본 활동 | 기본 내용 파악하기 〈논 이야기〉를 읽고 다음 활동을 해보자.

1 소설을 읽고 나서 떠오르는 질문을 적어봅시다. 이해가 되지 않았던 내용, 의문점, 인물의 심리나 소설의 핵심 파악에 필요하다고 생각되는 내용 등을 질문으로 만들 수 있습니다. 질문을 만든 후 나름대로 답을 적어보세요.

1) 질문 :

답 :

2) 질문 :

답 :

2 소설을 읽고 나서 어떤 느낌이 들었나요? 그 이유는 무엇인가요? 이야기의 배경, 분위기, 전개 과정, 인물의 심리 등과 관련하여 느낀 감정이나 떠오른 생각을 적어 봅시다.

3 1)~2) 중 하나를 선택하여 소설의 플롯을 분석해 봅시다. (단, 장면 수는 줄이거나 늘릴 수 있다.)

1) 소설의 주요 장면을 선정하여 그림(만화)으로 표현하기

2) 소설의 주요 장면을 선정하여 글로 설명하기

[1]	
[ ]	
[ ]	
[ ]	
[ ]	

◆ 소설의 내용 중 가장 중요하다고 생각되는 장면(사건)은? 그 이유는 무엇인가요?

4 이 소설이 전달하려는 콘셉트(메시지)는 무엇이라고 생각하나요? 한두 문장으로 표현해 봅시다.

기본 활동 **길잡이 읽고 성찰하기** 길잡이 '피해자의 보상심리 : 냉소적 이기주의'를 읽고 아래의 활동을 해 보자.

1 길잡이에서 가장 인상적인 부분이나 구절은? 그 이유는 무엇인가요?

2 길잡이의 내용 중 자신의 생각과 다른 점이나 의문점이 있다면 적어 보세요.

3 우리가 생활하는 교실이나 사회에도 한생원과 유사한 사람들이 존재합니다. 자신만의 논리에 빠져 다른 사람의 생각이나 공동체의 일에 대해서는 냉소하며 이기적으로 행동하는 사람들이 있지요. 이러한 태도가 우리의 교실이나 사회에 어떤 영향을 끼치는지 생각해 보고, 나는 어떤 태도를 가지고 있는지 성찰해 봅시다.

4 내가 작가라면 소설의 내용 중 어디를 바꾸고 싶은가요? 바꾸고 싶은 부분을 적고, 그 이유를 써 봅시다.

5 소설을 읽고 느낀 점을 바탕으로 작가나 등장인물에게 하고 싶은 이야기를 편지 형식으로 써 봅시다.

원미동 시인

기본 활동 | 기본 내용 파악하기 | 《원미동 시인》을 읽고 다음 활동을 해보자.

1 소설을 읽고 나서 떠오르는 질문을 적어봅시다. 이해가 되지 않았던 내용, 의문점, 인물의 심리나 소설의 핵심 파악에 필요하다고 생각되는 내용 등을 질문으로 만들 수 있습니다. 질문을 만든 후 나름대로 답을 적어보세요.

1) 질문 :

답 :

2) 질문 :

답 :

2 소설을 읽고 나서 어떤 느낌이 들었나요? 그 이유는 무엇인가요? 이야기의 배경, 분위기, 전개 과정, 인물의 심리 등과 관련하여 느낀 감정이나 떠오른 생각을 적어 봅시다.

3

1)~2) 중 하나를 선택하여 소설의 플롯을 분석해 봅시다. (단, 장면 수는 줄이거나 늘릴 수 있다.)

1) 주요 장면을 중심으로 이야기의 흐름을 그림(만화)로 표현하기

2) 소설의 주요 장면을 선정하여 글로 설명하기

[1]	
[ ]	
[ ]	
[ ]	
[ ]	

◆ 소설의 내용 중 가장 중요하다고 생각되는 장면(사건)은? 그 이유는 무엇인가요?

4

이 소설이 전달하려는 콘셉트(메시지)는 무엇이라고 생각하나요? 한두 문장으로 표현해 봅시다.

기본 활동 **길잡이 읽고 성찰하기** 길잡이 '방관자 또는 동조자의 탄생'을 읽고 아래의 활동을 해 보자.

1 길잡이에서 가장 인상적인 부분이나 구절은? 그 이유는 무엇인가요?

2 길잡이의 내용 중 자신의 생각과 다른 점이나 의문점이 있다면 적어 봅시다.

3 내가 작가라면 소설의 내용 중 어디를 바꾸고 싶은가요? 바꾸고 싶은 부분을 적고, 그 이유를 써 봅시다.

4 다음 질문 중 하나를 골라 답을 쓰고, 각 경우에 대해 바람직한 해결책은 무엇인지 덧붙여 봅시다.

① 여러분의 교실에서 몽달 씨와 같이 약자이면서도 피해 사실을 말하지도 못하고 사는 친구는 없나요? 그들이 그렇게 행동하는 이유는 무엇인가요?

② 김 반장처럼 약한 친구를 이용하면서 선한 척 탈을 쓰고 있는 친구는 없나요? 그들이 그렇게 행동하는 이유는 무엇인가요?

③ 진실을 알면서도 묵인함으로써 폭력을 방관하거나 동조한 적이 있나요? 그 이유는 무엇이었나요?

5 소설을 읽고 느낀 점을 바탕으로 작가나 등장인물에게 하고 싶은 이야기를 편지 형식으로 써 봅시다.

스페이드 여왕

기본 활동 | 기본 내용 파악하기 | 〈스페이드 여왕〉을 읽고 다음 활동을 해보자.

1 소설을 읽고 나서 떠오르는 질문을 적어봅시다. 이해가 되지 않았던 내용, 의문점, 인물의 심리나 소설의 핵심 파악에 필요하다고 생각되는 내용 등을 질문으로 만들 수 있습니다. 질문을 만든 후 나름대로 답을 적어보세요.

1) 질문 :

답 :

2) 질문 :

답 :

2 소설을 읽고 나서 어떤 느낌이 들었나요? 그 이유는 무엇인가요? 이야기의 배경, 분위기, 전개 과정, 인물의 심리 등과 관련하여 느낀 감정이나 떠오른 생각을 적어 봅시다.

3 1)~2) 중 하나를 선택하여 소설의 플롯을 분석해 봅시다. (단, 장면 수는 줄이거나 늘릴 수 있다.)

1) 소설의 주요 장면을 선정하여 그림(만화)으로 표현하기

2) 소설의 주요 장면을 선정하여 글로 설명하기

[1]	
[ ]	
[ ]	
[ ]	
[ ]	

◆ 소설의 내용 중 가장 중요하다고 생각되는 장면(사건)은? 그 이유는 무엇인가요?

4 이 소설이 전달하려는 콘셉트(메시지)는 무엇이라고 생각하나요? 한두 문장으로 표현해 봅시다.

기본 활동 **길잡이 읽고 성찰하기** 길잡이 '사랑과 야망'을 읽고 아래의 활동을 해 보자.

1 길잡이에서 가장 인상적인 부분이나 구절은? 그 이유는 무엇인가요?

2 길잡이의 내용 중 자신의 생각과 다른 점이나 의문점이 있다면 적어 보세요.

3 성공을 위해 다른 사람을 수단으로 삼고, 사랑, 행복 같은 정신적인 면보다 돈, 지위, 명예 같은 물질적인 가치를 앞세우며 사는 사람들이 있습니다. 만약 게르만처럼 성공을 위해 인간성을 저버리게 될 상황이 온다면, 올바른 선택을 위해 무엇을 중시해야 할까요?

4 리자베타는 게르만에게 배신 당한 이후 어떤 생각과 태도로 살았을까요? 이 소설의 결말을 토대로 상상하여 써 봅시다.

5 소설을 읽고 느낀 점을 바탕으로 작가나 등장인물에게 하고 싶은 이야기를 편지 형식으로 써 봅시다.

강한 자들의 힘

기본 활동 **기본 내용 파악하기** <강한 자들의 힘>을 읽고 다음 활동을 해보자.

1 소설을 읽고 나서 떠오르는 질문을 적어봅시다. 이해가 되지 않았던 내용, 의문점, 인물의 심리나 소설의 핵심 파악에 필요하다고 생각되는 내용 등을 질문으로 만들 수 있습니다. 질문을 만든 후 나름대로 답을 적어보세요.

1) 질문 :

답 :

2) 질문 :

답 :

2 소설을 읽고 나서 어떤 느낌이 들었나요? 그 이유는 무엇인가요? 이야기의 배경, 분위기, 전개 과정, 인물의 심리 등과 관련하여 느낀 감정이나 떠오른 생각을 적어 봅시다.

3 1)~2) 중 하나를 선택하여 소설의 플롯을 분석해 봅시다. (단, 장면 수는 줄이거나 늘릴 수 있다.)

1) 소설의 주요 장면을 선정하여 그림(만화)으로 표현하기

2) 소설의 주요 장면을 선정하여 글로 설명하기

[1]	
[ ]	
[ ]	
[ ]	
[ ]	

◆ 소설의 내용 중 가장 중요하다고 생각되는 장면(사건)은? 그 이유는 무엇인가요?

4 이 소설이 전달하려는 콘셉트(메시지)는 무엇이라고 생각하나요? 한두 문장으로 표현해 봅시다.

기본 활동 **길잡이 읽고 성찰하기** 길잡이 '지식인의 선택'을 읽고 아래의 활동을 해 보자.

1 길잡이에서 가장 인상적인 부분이나 구절은? 그 이유는 무엇인가요?

2 길잡이의 내용 중 자신의 생각과 다른 점이나 의문점이 있다면 적어 보세요.

3 지식인이었던 제사장 꼬인입술, 사제 부러진갈비뼈, 가수 벌레 등은 지배자의 편에 서서 강한 힘을 휘둘렀지만 진정한 강자가 되지 못했습니다. 한편 긴수염 노인은 강한 힘을 휘두르지는 못했지만 강한 자로 변하고 있습니다. 그 이유는 무엇이라고 생각하나요?

4 내가 작가라면 소설의 내용 중 어디를 바꾸고 싶은가요? 바꾸고 싶은 부분을 적고, 그 이유를 써 봅시다.

5 소설을 읽고 느낀 점을 바탕으로 작가나 등장인물에게 하고 싶은 이야기를 편지 형식으로 써 봅시다.

배교자

기본 활동 **기본 내용 파악하기** 〈배교자〉를 읽고 다음 활동을 해보자.

1 소설을 읽고 나서 떠오르는 질문을 적어봅시다. 이해가 되지 않았던 내용, 의문점, 인물의 심리나 소설의 핵심 파악에 필요하다고 생각되는 내용 등을 질문으로 만들 수 있습니다. 질문을 만든 후 나름대로 답을 적어보세요.

1) 질문 :

답 :

2) 질문 :

답 :

2 소설을 읽고 나서 어떤 느낌이 들었나요? 그 이유는 무엇인가요? 이야기의 배경, 분위기, 전개과정, 인물의 심리 등과 관련하여 느낀 감정이나 떠오른 생각을 적어 봅시다.

3 1)~2) 중 하나를 선택하여 소설의 플롯을 분석해 봅시다. (단, 장면 수는 줄이거나 늘릴 수 있다.)

1) 소설의 주요 장면을 선정하여 그림(만화)으로 표현하기

2) 소설의 주요 장면을 선정하여 글로 설명하기

[1]	
[ ]	
[ ]	
[ ]	
[ ]	

◆ 소설의 내용 중 가장 중요하다고 생각되는 장면(사건)은? 그 이유는 무엇인가요?

4 이 소설이 전달하려는 콘셉트(메시지)는 무엇이라고 생각하나요? 한두 문장으로 표현해 봅시다.

기본 활동 **길잡이 읽고 성찰하기** 길잡이 '노예화된 삶에서 벗어나는 방법'을 읽고 아래의 활동을 해 보자.

1 길잡이에서 가장 인상적인 부분이나 구절은? 그 이유는 무엇인가요?

2 길잡이의 내용 중 자신의 생각과 다른 점이나 의문점이 있다면 적어 보세요.

3 우리가 생활하는 교실이나 사회에서도 조니와 같이 노예적인 삶을 사는 사람이 존재합니다. 우리 주변에서 그러한 사람들을 찾아보고, 그들이 보다 나은 삶을 살기 위해 할 수 있는 일이 무엇인지 적어 봅시다.

4 내가 작가라면 소설의 내용 중 어디를 바꾸고 싶은가요? 바꾸고 싶은 부분을 적고, 그 이유를 써 봅시다.

5 소설을 읽고 느낀 점을 바탕으로 등장인물에게 하고 싶은 이야기를 편지 형식으로 써 봅시다.

외투

기본 활동 **기본 내용 파악하기** <외투>를 읽고 다음 활동을 해보자.

1 소설을 읽고 나서 떠오르는 질문을 적어봅시다. 이해가 되지 않았던 내용, 의문점, 인물의 심리나 소설의 핵심 파악에 필요하다고 생각되는 내용 등을 질문으로 만들 수 있습니다. 질문을 만든 후 나름대로 답을 적어보세요.

1) 질문 :

답 :

2) 질문 :

답 :

2 소설을 읽고 나서 어떤 느낌이 들었나요? 그 이유는 무엇인가요? 이야기의 배경, 분위기, 전개 과정, 인물의 심리 등과 관련하여 느낀 감정이나 떠오른 생각을 적어 봅시다.

3 1)~2) 중 하나를 선택하여 소설의 플롯을 분석해 봅시다. (단, 장면 수는 줄이거나 늘릴 수 있다.)

1) 소설의 주요 장면을 선정하여 그림(만화)으로 표현하기

2) 소설의 주요 장면을 선정하여 글로 설명하기

[1]	
[ ]	
[ ]	
[ ]	
[ ]	

◆ 소설의 내용 중 가장 중요하다고 생각되는 장면(사건)은? 그 이유는 무엇인가요?

4 이 소설이 전달하려는 콘셉트(메시지)는 무엇이라고 생각하나요? 한두 문장으로 표현해 봅시다.

기본 활동 **길잡이 읽고 성찰하기** 길잡이 '외투에 갇힌 사람, 외투에서 해방된 사람'을 읽고 아래의 활동을 해 보자.

1 길잡이에서 가장 인상적인 부분이나 구절은? 그 이유는 무엇인가요?

2 길잡이의 내용 중 자신의 생각과 다른 점이나 의문점이 있다면 적어 보세요.

3 우리의 삶에서 '외투'처럼 상징자본의 역할을 하는 것은 무엇이 있을까요? 여러분은 어떤 상징자본을 가지고 싶었나요?

4 내가 작가라면 소설의 내용 중 어디를 바꾸고 싶은가요? 바꾸고 싶은 부분을 적고, 그 이유를 써 봅시다.

5 소설을 읽고 느낀 점을 바탕으로 등장인물에게 하고 싶은 이야기를 편지 형식으로 써 봅시다.

키 작은 프리데만 씨

기본 활동 **기본 내용 파악하기** <키 작은 프리데만 씨>를 읽고 다음 활동을 해보자.

1 소설을 읽고 나서 떠오르는 질문을 적어봅시다. 이해가 되지 않았던 내용, 의문점, 인물의 심리나 소설의 핵심 파악에 필요하다고 생각되는 내용 등을 질문으로 만들 수 있습니다. 질문을 만든 후 나름대로 답을 적어보세요.

1) 질문 :

답 :

2) 질문 :

답 :

2 소설을 읽고 나서 어떤 느낌이 들었나요? 그 이유는 무엇인가요? 이야기의 배경, 분위기, 전개 과정, 인물의 심리 등과 관련하여 느낀 감정이나 떠오른 생각을 적어 봅시다.

3 1)~2) 중 하나를 선택하여 소설의 플롯을 분석해 봅시다. (단, 장면 수는 줄이거나 늘릴 수 있다.)

1) 소설의 주요 장면을 선정하여 그림(만화)으로 표현하기

2) 소설의 주요 장면을 선정하여 글로 설명하기

[1]	
[ ]	
[ ]	
[ ]	
[ ]	

◆ 소설의 내용 중 가장 중요하다고 생각되는 장면(사건)은? 그 이유는 무엇인가요?

4 이 소설이 전달하려는 콘셉트(메시지)는 무엇이라고 생각하나요? 한두 문장으로 표현해 봅시다.

기본 활동 **길잡이 읽고 성찰하기** 길잡이 '타자화의 근원 : 나와 나 그리고 나와 너'를 읽고 아래의 활동을 해 보자.

1 길잡이에서 가장 인상적인 부분이나 구절은? 그 이유는 무엇인가요?

2 길잡이의 내용 중 자신의 생각과 다른 점이나 의문점이 있다면 적어 보세요.

3 링린겐 부인은 차별의 시선으로 프리데만 씨를 바라보았습니다. 장애 이외에 우리가 차별의 시선으로 바라보는 것에는 무엇이 있을까요? 스스로 겪었던 경험이 있다면 함께 적어 봅시다.

4 내가 작가라면 소설의 내용 중 어디를 바꾸고 싶은가요? 바꾸고 싶은 부분을 적고, 그 이유를 써 봅시다.

5 소설을 읽고 느낀 점을 바탕으로 등장인물에게 하고 싶은 이야기를 편지 형식으로 써 봅시다.

공작나방

기본 활동

기본 내용 파악하기

<공작나방>을 읽고 다음 활동을 해보자.

1 소설을 읽고 나서 떠오르는 질문을 적어봅시다. 이해가 되지 않았던 내용, 의문점, 인물의 심리나 소설의 핵심 파악에 필요하다고 생각되는 내용 등을 질문으로 만들 수 있습니다. 질문을 만든 후 나름대로 답을 적어보세요.

1) 질문 :

답 :

2) 질문 :

답 :

2 소설을 읽고 나서 어떤 느낌이 들었나요? 그 이유는 무엇인가요? 이야기의 배경, 분위기, 전개 과정, 인물의 심리 등과 관련하여 느낀 감정이나 떠오른 생각을 적어 봅시다.

3 1)~2) 중 하나를 선택하여 소설의 플롯을 분석해 봅시다. (단, 장면 수는 줄이거나 늘릴 수 있다.)

1) 소설의 주요 장면을 선정하여 그림(만화)으로 표현하기

2) 소설의 주요 장면을 선정하여 글로 설명하기

[1]	
[ ]	
[ ]	
[ ]	
[ ]	

◆ 소설의 내용 중 가장 중요하다고 생각되는 장면(사건)은? 그 이유는 무엇인가요?

4 이 소설이 전달하려는 콘셉트(메시지)는 무엇이라고 생각하나요? 한두 문장으로 표현해 봅시다.

기본 활동 **길잡이 읽고 성찰하기** 길잡이 '진실화해의 중요성'을 읽고 아래의 활동을 해 보자.

1 이 글에서 가장 인상적인 부분이나 구절은 무엇인가요? 그 이유는 무엇인가요?

2 길잡이 내용 중 자신의 생각과 다른 점이나 의문점이 있다면 적어봅시다.

3 지금껏 살아오면서 잘못을 저질렀던 경험을 떠올려 봅시다. 누구에게, 어떤 상황에서 했던 잘못이었나요? 그 잘못에 대해서 어떻게 반성하고 사과를 건넸나요? 내가 했던 사과의 과정과 그때 나의 욕망을 되돌아보고 써 봅시다. 그리고 진실화해를 한다면 어떻게 해야 하는지 상상하여 적어 봅시다.

4 내가 작가라면 소설의 내용 중 어디를 바꾸고 싶은가요? 바꾸고 싶은 부분을 적고, 그 이유를 써 봅시다.

5 소설을 읽고 느낀 점을 바탕으로 등장인물에게 하고 싶은 이야기를 편지 형식으로 써 봅시다.

산월기

기본 활동

기본 내용 파악하기

《산월기》를 읽고 다음 활동을 해보자.

1 소설을 읽고 나서 떠오르는 질문을 적어봅시다. 이해가 되지 않았던 내용, 의문점, 인물의 심리나 소설의 핵심 파악에 필요하다고 생각되는 내용 등을 질문으로 만들 수 있습니다. 질문을 만든 후 나름대로 답을 적어보세요.

1) 질문 :

답 :

2) 질문 :

답 :

2 소설을 읽고 나서 어떤 느낌이 들었나요? 그 이유는 무엇인가요? 이야기의 배경, 분위기, 전개 과정, 인물의 심리 등과 관련하여 느낀 감정이나 떠오른 생각을 적어 봅시다.

3 1)~2) 중 하나를 선택하여 소설의 플롯을 분석해 봅시다. (단, 장면 수는 줄이거나 늘릴 수 있다.)

1) 소설의 주요 장면을 선정하여 그림(만화)으로 표현하기

2) 소설의 주요 장면을 선정하여 글로 설명하기

[1]	
[ ]	
[ ]	
[ ]	
[ ]	

◆ 소설의 내용 중 가장 중요하다고 생각되는 장면(사건)은? 그 이유는 무엇인가요?

4 이 소설이 전달하려는 콘셉트(메시지)는 무엇이라고 생각하나요? 한두 문장으로 표현해 봅시다.

기본 활동 **길잡이 읽고 성찰하기** 길잡이 '가해자의 심층심리'를 읽고 아래의 활동을 해 보자.

1 이 글에서 가장 인상적인 부분이나 구절은 무엇인가요? 그 이유는 무엇인가요?

2 길잡이 내용 중 자신의 생각과 다른 점이나 의문점이 있다면 적어봅시다.

3 내가 작가라면 소설의 내용 중 어디를 바꾸고 싶은가요? 바꾸고 싶은 부분을 적고, 그 이유를 써 봅시다.

4 아래의 질문 중 하나를 골라 글을 써보세요.

① 주인공이 호랑이가 되고 나서도 끝까지 버리지 못한 것은 무엇인가요? 그의 욕망과 심리적인 면에서 생각해 봅시다.

② 주인공을 가해자로 볼 수 있다면 어떤 면에서 그럴까요? 그의 행동, 감정, 관계(주변에 미친 영향) 등을 바탕으로 답을 찾아 봅시다.

③ 여러분이 지내는 교실에서도 타인을 무시하고 자신을 과시함으로써 우월함을 드러내는 친구들이 있나요? 만약 있다면, 이들은 다른 친구와 어떻게 관계를 맺고 있나요? 그런 사례를 적어보고, 이런 친구들이 평화로운 관계를 맺게 하기 위해 조언을 한다면 어떤 말을 할지 써 봅시다.

5 소설을 읽고 느낀 점을 바탕으로 등장인물에게 하고 싶은 이야기를 편지 형식으로 써 봅시다.